Carmen

FichesdeLecture.com

Carmen
(Fiche de lecture)

I. INTRODUCTION

Carmen est une nouvelle écrite par Prosper Mérimée. L'œuvre paraît d'abord sous la forme de feuilleton dans la *Revue des deux mondes,* le 1er octobre 1845; il faut attendre 1847 pour son édition chez Michel Lévy.

Reprenant à son tour le mythe de la passion destructrice, Mérimée fait ainsi suite à l'Abbé Prévost. Il écrit *Carmen* en se remémorant ses propres voyages, en Espagne notamment, ainsi que de nombreuses références littéraires (le nom de Carmen lui-même remonterait à la poésie de l'Antiquité Romaine). Surtout, Mérimée retient d'un voyage en Espagne (1830) une rencontre marquante avec une bohémienne, dont il dessina le portrait dans son carnet.

II. RÉSUMÉ DE L'OEUVRE

Chapitre 1

Le narrateur est un archéologue. Nous le suivons dans sa recherche de l'endroit exact de la bataille de Munda, en Andalousie (Espagne). Un jour, l'homme croise un brigand non loin d'une source de la région : il décide de couvrir la fuite de ce dernier.

Chapitre 2

Quelque temps plus tard, le brigand lui rend la pareille en le sauvant d'un guet-apens à Cordoue. L'instigatrice du piège n'est autre que Carmen, une jeune et jolie gitane. Puis, des mois après, l'archéologue est amené à recroiser le chemin de don José Navarro, le bandit, qui lui raconte sa vie à la veille de son exécution.

Chapitre 3

Dans cette troisième partie nous est présenté don José Lizzarrabengoa, un brigadier basque de garde dans la manufacture de Séville. Il tombe amoureux de Carmen, la séduisante cigarière. Cela le pousse à la laisser s'enfuir suite à une bagarre au cours de laquelle elle a blessé une autre femme.

Don José, pour cet acte, perd son grade et est condamné à la prison. Carmen lui apporte son aide afin qu'il puisse s'évader (en lui faisant passer un pain contenant une lime et une pièce d'or), mais don José refuse cette possibilité.

Ce n'est qu'après avoir été libéré qu'il rencontre Carmen non loin de la maison du colonel. D'après lui, elle vient danser ou « bien autre chose », ce que l'on voit à sa tenue. La jeune femme lui donne rendez-vous chez Lillas Pastia, un aubergiste ; là, elle s'en remet à lui. Peu de temps plus tard, et de nouveau, Carmen obtient une faveur de son amant : il laissera passer un groupe de contrebandiers.

Dès lors, c'est le début de la déchéance pour don José. Il tue un homme par jalousie, après l'avoir surpris avec Carmen ; il doit donc s'enfuir, et quitte Séville pour passer du côté des contrebandiers. Or entre-temps, le mari de Carmen, un certain Garcia le Borgne, est parvenu à s'évader de la prison où il était retenu. Son retour rend don José fou de jalousie. Il se rend à Gibraltar, et tue Garcia en duel, tandis que Carmen tente de dépouiller un homme anglais après l'avoir séduit.

Malgré la mort de Garcia, Carmen est rapidement attirée par Lucas, un picador. José est désespéré, car il lui demande de partir avec lui jusqu'en Amérique, ce qu'elle refuse. Don José décide alors d'en finir. La crise atteint de tels sommets qu'il finit par poignarder Carmen, avec le couteau de Garcia le Borgne. Puis il se rend de lui-même aux autorités.

Chapitre 4

Le roman (ou la nouvelle) s'achève sur une partie intégralement consacrée à la société des gitans : leur portrait, leurs mœurs, leurs croyances, leur histoire, leur langue...

III. PRÉSENTATION DES PERSONNAGES

Don José Lizzarrabengoa

Le héros de Mérimée est un personnage singulier, qui se détache de son entourage. Basque (il est né à Elizondo) et très chrétien, il est très attaché aux traditions de son pays ; d'ailleurs sa région lui manque à maintes reprises : « je pensais toujours au pays ». Cela se ressent aussi dans ses anciennes attentes amoureuses, puisqu'il avoue avoir pensé qu'il ne pourrait épouser qu'une femme basque lui aussi, et que les Andalouses lui « faisaient peur ». Le brigadier des dragons se transforme donc en bandit, en déserteur, jusqu'à être meurtrier puis condamné. Il est donc totalement sous l'influence de son amour destructeur envers Carmen. Il est vrai, d'ailleurs, que don José est souvent dépeint et caractérisé par des animaux qui sont des proies, à l'opposé de Carmen, véritable « bête fauve ». On croise ainsi « poulet », « canari », « mouton »... ce qui paraît le désigner comme faible de nature.

Son passé est pourtant trouble, car on apprend qu'il a commis un meurtre suite à une partie de jeu de paume qui aurait mal tourné. C'est juste après qu'il s'engage dans les dragons, puis est envoyé dans la manufacture de tabac de Séville, où il rencontre Carmen.

Quoi qu'il en soit, dès le début de l'œuvre (notamment dans la venta), nous apprenons de don José que c'est un brigand, mais qu'il a une certaine noblesse, prestance ; qu'il est musicien ; mais aussi autoritaire, charismatique et très affirmé. C'est le contraste avec ce premier portrait qui est frappant lorsque l'on considère son évolution dans le reste de la nouvelle.

Carmen

La gitane est une grande séductrice, qui use bien souvent de ses charmes pour dépouiller les hommes.

Mais elle est parfois présentée comme une femme puérile, déterminée par son manque d'éducation et son milieu social d'origine, les gitans. Don José précise d'ailleurs ceci : « Pauvre enfant ! (...) ce sont les Calés qui sont coupables pour l'avoir élevée ainsi ». Carmen est une femme fondamentalement libre. Son prénom est en réalité le diminutif de Carmencita.

Carmen a un grand pouvoir sur les hommes, notamment sur don José, qu'elle parvient rapidement à priver de liberté de choix et de virilité. Ce pouvoir vient de sa sensualité, qui est frappante dès leur première rencontre. Elle sait à la fois séduire et jouer (la gitane est en effet très frivole), et fait preuve d'un grand sens de l'initiative.

Elle ne craint pas la mort, et s'en défie même. En effet, lorsque don José est sur le point de la tuer, elle continue de le provoquer. À cet instant, elle s'octroie toute la grandeur tragique, et don José paraît totalement en décalage lorsqu'il s'écrie « pauvre enfant ! ».

Sur bien des plans, l'influence de Manon Lescaut (voir l'Abbé Prévost) est prégnante dans le personnage de Carmen, tel que Prosper Mérimée l'a conçu. En effet, elle symbolise la passion destructrice, et a d'ailleurs fini par atteindre le rang de mythe dans ce domaine.

IV. AXES D'ANALYSE

Une tragédie

Le caractère tragique du roman découle non seulement de la thématique mélodramatique de la déchéance amoureuse (qui, on l'a vu, perdra don José) ; mais aussi de la tension constante entre deux univers, aussi bien sociaux que mentaux.

Carmen en effet, et à l'opposé de don José, est une figure féminine essentiellement libre, avec tout ce que cela implique, y compris du point de vue des mœurs. José est fasciné, happé par cette liberté qui lui ouvre les bras : « La vie de contrebandier me plaisait mieux que la vie de soldat ». Car avec la bohémienne, c'est une rupture totale avec sa vie passée qui débute (cette fameuse « déchéance »). L'homme était gradé et respecté ; rapidement pourtant, il cède ses faveurs à la jeune femme, même si cela le mène à la prison, l'illégalité, le meurtre puis la condamnation.

L'erreur de don José (si l'on peut qualifier ainsi son illusion) est de croire que se donner à la liberté permet de devenir un gitan. Or, il n'est pas possible de devenir bohémien ; Carmen ajoute d'ailleurs que « cela ne se peut pas ».

Mais il est trop tard, et don José est désormais condamné à une existence d'errance, ponctuée d'actions illégales et de crises de jalousie. Et lorsque l'ordre social réapparaît dans sa vie, c'est d'une manière brutale, puisqu'il s'agit de la prison.

Il y a donc une forte idée de chute dans le parcours tragique des personnages. D'ailleurs, dans la venta de la première partie, José lui-même évoque le Satan de Milton, dont le personnage s'apparente à un « ange déchu ». Avec le recul, cette référence est prémonitoire, ce qui accentue le caractère tragique du personnage. Jusqu'au bout, la tragédie le marquera : on le voit aux déchirements qui l'agitent dans la seconde partie de l'œuvre notamment ; don José est alors pris entre amour et haine, entre rage et fatalisme. D'ailleurs, le meurtre de Carmen ne peut apparaître comme une surprise.

On voit bien, dans cette perspective, à quel point Mérimée critique par ce roman l'aveuglement des Romantiques et leur apologie d'une vie marginale et hors des normes.

La complexité de la structure narrative

Pour construire son récit, Mérimée a élaboré une structure narrative très complexe, dans la mesure où elle mélange à la fois les voix des personnages qui racontent (le narrateur, José, etc.) avec des digressions directement voulues par l'auteur. Le meilleur exemple en est le chapitre 4 et sa présentation quasiment exhaustive du monde des bohémiens.

Cet enchevêtrement permet de présenter les personnages d'une manière originale, et en recoupant les points de vue. Si l'on prend le cas de Carmen, par exemple, le narrateur nous la présente comme « une beauté étrange et sauvage » ; ce regard est complété par la vision de don José qui voit en la gitane, au contraire « un démon », « cette diable de fille ». Puis la nouvelle se clôt par le chapitre 4, qui permet, de son côté, d'avancer des explications plus « externes » sur la jeune femme (en étudiant ses origines, le milieu dans lequel elle a été éduquée).

Les héroïnes mythiques

Carmen s'inscrit dans une lignée de figures féminines fortes, à l'image d'Esméralda (Victor Hugo). On retrouve aussi dans son portrait des traces d'orientalisme, fréquent en littérature. Mais comment Carme atteint-elle le rang d'héroïne chez Mérimée ?

Si de prime abord, don José est le héros de l'ouvrage, Carmen en devient vite la pierre angulaire. La gitane est à la fois libre et déterminée par son milieu social (les gitans) – ce qui n'est pas incompatible.

Sa vie est passionnante, ce qui a contribué à en faire une héroïne à la postérité éclatante. Son existence est faite d'errance, de séduction, de pièges tendus ; elle ne s'arrête jamais, mord la vie à pleines dents. D'ailleurs, on oublie aisément, à certains moments, que don José est sa victime, tout au moins son pantin : elle obtient des faveurs, le pousse à être contrebandier... Mais surtout, son côté enfantin donne une vigueur au roman ; lorsqu'elle danse, parle, tout l'univers de la nouvelle connaît un nouveau souffle, ainsi qu'un optimisme qu'on ne retrouve pas chez don José (« demain, il fera jour »).

Son attachement à la liberté, jusqu'à la mort, lui confère en grande partie son héroïsme tragique. Il suffit pour cela de relire la scène de sa mort. Par contraste, José s'efface ; il n'est qu'un pantin qui s'ennuie et n'a pas cette soif de profiter de l'existence. Cette faiblesse, ce pessimisme font qu'il ne peut être le héros, et que Carmen prendra cette place.

Carmen rejoint le mythe par son rôle d'incarnation de l'amour destructeur. Comme la Nouvelle Ève et toutes les figures littéraires qui s'en sont inspirées, elle appartient à cette catégorie de séductrices qui ont en commun une grande sensualité et un côté manipulateur très développé. Dans l'imaginaire collectif tel que nous l'expérimentons encore aujourd'hui, le lien est rapidement établi entre une grande beauté troublante et le côté dangereux de la femme (fatale, pourrait-on ajouter).

En cela, Mérimée rejoint une certaine vision du romantisme chrétien, ou encore l'image de la tentation chez Faust. Car Carmen est un personnage profondément ambivalent, source de bien et de mal, tentatrice et pécheresse, mais aussi susceptible de sauver.

Une conception marginale de la vie

La nouvelle fait le récit d'une rencontre tragique, certes ; mais surtout, elle développe l'idée d'une autre manière de concevoir l'existence. C'est peut-être pour cela que l'œuvre de Mérimée a pu paraître en décalage, voire en opposition totale avec son époque. Lui aussi a d'ailleurs été accusé d'« offense à la morale publique ».

Car Carmen et, derrière elle, le mode de vie gitan, est indissociable de l'indépendance, du non-conformisme et de l'émancipation. Outre la liberté de mouvement et d'association, ses mœurs avaient de quoi choquer le lectorat de l'époque. Séduction à outrance, mais surtout séduction dans le but de voler… ajoutons à cela le meurtre, le vol, l'aide aux contrebandiers, et tous les ingrédients étaient réunis pour déclencher les critiques…mais aussi faire vivre un mythe. De plus, Carmen est de partout et de nulle part, ce qui vient troubler la conception nationale d'ordre (lois, etc.).

Carmen dérange d'abord plus qu'elle ne révolte : car en se soustrayant à l'ordre juridique établi, ainsi qu'à l'autorité familiale telle que la société la reconnaissait, c'est la partie sociale de chaque lecteur qu'elle venait remettre en cause (sur ce plan, nous ne sommes pas loin du personnage de Nadja).

Enfin, rappelons que son statut de bohémienne joue beaucoup dans la contestation de l'ordre établi. Non seulement Carmen échappe à la pression sociale et juridique, mais elle vit également hors de l'ordre religieux.

La postérité

Le personnage de Carmen a connu une grande postérité dans tous les arts :

- À l'opéra, Bizet a immortalisé le personnage
- Au cinéma, de 1907 à aujourd'hui, des réalisateurs de toutes nationalités ont proposé leur vision du mythe sur grand écran. On peut citer Godard par eux.

Carmen la gitane

Le personnage se fonde sur des clichés, parfois négatifs, parfois positifs. La dernière partie vient compléter ce que Mérimée laissait deviner le reste du temps à travers son héroïne.

Des gitans, nous l'avons vu, Carmen tire sa liberté, son système parallèle de règles ; car si elle échappe à l'ordre établi de son époque, elle s'inscrit bien, en revanche, dans l'ordre de fonctionnement du monde gitan auquel elle appartient.

Dans la même collection en numérique

Escadrille 80

Inconnu à cette adresse

La controverse de Valladolid

Les Vilains petits canards

Une partie de campagne

Cahier d'un retour au pays natal

Dora Bruder

L'Enfant et la rivière

Moderato Cantabile

Alice au pays des merveilles

Le faucon déniché

Une vie

Chronique des Indiens Guayaki

Je voudrais que quelqu'un m'attende quelque part

La nuit de Valognes

Œdipe

Disparition Programmée

Education européenne

L'auberge rouge

L'Illiade

Le voyage de Monsieur Perrichon

Lucrèce Borgia

Paul et Virginie

Ursule Mirouët

Discours sur les fondements de l'inégalité

L'adversaire

La petite Fadette

La prochaine fois

Le blé en herbe

Le Mystère de la Chambre Jaune

Les Hauts des Hurlevent

Les perses

Mondo et autres histoires

Vingt mille lieues sous les mers

99 francs

Arria Marcella

Chante Luna

Emile, ou de l'éducation
Histoires extraordinaires
L'homme invisible
La bibliothécaire
La cicatrice
La croix des pauvres
La fille du capitaine
Le Crime de l'Orient-Express
Le Faucon malté
Le hussard sur le toit
Le Livre dont vous êtes la victime
Les cinq écus de Bretagne
No pasarán, le jeu
Quand j'avais cinq ans je m'ai tué
Si tu veux être mon amie
Tristan et Iseult
Une bouteille dans la mer de Gaza
Cent ans de solitude
Contes à l'envers
Contes et nouvelles en vers
Dalva
Jean de Florette
L'homme qui voulait être heureux
L'île mystérieuse
La Dame aux camélias
La petite sirène
La planète des singes
La Religieuse
1984 A l'Ouest rien de nouveau
Aliocha
Andromaque
Au bonheur des dames
Bel ami
Bérénice
Caligula
Cannibale
Carmen

Chronique d'une mort annoncée
Contes des frères Grimm
Cyrano de Bergerac
Des souris et des hommes
Deux ans de vacances
Dom Juan
Electre
En attendant Godot
Enfance
Eugénie Grandet
Fahrenheit 451
Fin de partie
Frankenstein
Gargantua
Germinal
Hamlet
Horace
Huis Clos
Jacques le fataliste
Jane Eyre
Knock
L'homme qui rit
La Bête humaine
La Cantatrice Chauve
La chartreuse de Parme
La cousine Bette
La Curée
La Farce de Maitre Pathelin
La ferme des animaux
La guerre de Troie n'aura pas lieu
La leçon
La Machine Infernale
La métamorphose
La mort du roi Tsongor
La nuit des temps
La nuit du renard
La Parure

La peau de chagrin
La Petite Fille de Monsieur Linh
La Photo qui tue
La Plage d'Ostende
La princesse de Clèves
La promesse de l'aube
La Vénus d'Ille
La vie devant soi
L'alchimiste
L'Amant
L'Ami retrouvé
L'appel de la forêt
L'assassin habite au 21
L'assommoir
L'attentat
L'attrape-coeurs
Le Bal
Le Barbier de Séville
Le Bourgeois Gentilhomme
Le Capitaine Fracasse
Le chat noir
Le chien des Baskerville
Le Cid
Le Colonel Chabert
Le Comte de Monte-Cristo
Le dernier jour d'un condamné
Le diable au corps
Le Grand Meaulnes
Le Grand Troupeau
Le Horla
Le jeu de l'amour et du hasard
Le Joueur d'échecs
Le Lion
Le liseur
Le malade imaginaire
Le Mariage de Figaro
Le meilleur des mondes

Le Monde comme il va

Le Parfum

Le Passeur

Le Petit Prince

Le pianiste

Le Prince

Le Roman de la momie

Le Roman de Renart

Le Rouge et le Noir

Le Soleil des Scortas

Le Tartuffe

Le vieux qui lisait des romans d'amour

L'Ecole des Femmes

L'Ecume Des Jours

Les Bonnes

Les Caprices de Marianne

Les cerfs-volants de Kaboul

Les contes de la Bécasse

Les dix petits nègres

Les femmes savantes

Les fourberies de Scapin

Les Justes

Les Lettres Persanes

Les liaisons dangereuses

Les Métamorphoses

Les Mouches

Les Trois mousquetaires

L'étrange cas du Dr Jekyll et de Mr Hyde

L'Ile Au Trésor

L'île des esclaves

L'illusion comique

L'Ingénu

L'Odyssée

L'Ombre du vent

Lorenzaccio

Madame Bovary

Manon Lescaut

Micromégas

Mon ami Frédéric

Mon bel oranger

Nana

Ne tirez pas sur l'oiseau moqueur

Notre-Dame de Paris

Oliver twist

On ne badine pas avec l'amour

Oscar et la dame rose

Pantagruel

Le Misanthrope

Perceval ou le conte du Graal

Phèdre

Ravage

Roméo et Juliette

Ruy Blas

Sa Majesté des Mouches

Si c'est un homme

Stupeur et tremblements

Supplément au voyage de Bougainville

Tanguy

Thérèse Desqueyroux

Thérèse Raquin

Ubu Roi

Un Barrage contre le Pacifique

Un long dimanche de fiançailles

Un secret

Vendredi ou la vie sauvage

Vipère au poing

Voyage au bout de la nuit

Voyage au centre de la terre

Yvain ou le Chevalier au lion

Zadig

À propos de la collection

La série FichesdeLecture.com offre des contenus éducatifs aux étudiants et aux professeurs tels que : des résumés, des analyses littéraires, des questionnaires et des commentaires sur la littérature moderne et classique. Nos documents sont prévus comme des compléments à la lecture des oeuvres originales et aide les étudiants à comprendre la littérature.

Fondé en 2001, notre site FichesdeLectures.com s'est développé très rapidement et propose désormais plus de 2500 documents directement téléchargeables en ligne, devenant ainsi le premier site d'analyses littéraires en ligne de langue française.

FichesdeLecture est partenaire du Ministère de l'Education du Luxembourg depuis 2009.

Plus d'informations sur www.fichesdelecture.com

Notes :